RESPONSE
DV SIEVR
HYDASPE
AV SIEVR
DE BALZAC;
SOVS LE NOM
DE SACRATOR.

Touchant l'Anti-Theophile, &
ſes Eſcrits.

ÆNEID. X.

Cædicus Alcathoum obtruncat,
SACRATOR, HYDASPEN.

M.DC. XXIV.

RESPONSE DV SIEVR
Hydaſpe au Sieur de Balzac ſous le nom de Sacrator, touchant l'Anti-Theophile & ſes Eſcrits.

MONSEVR mon cher Mamy, Ie vous donneray le nom de Sacrator, puis qu'il vous a pleu me donner celuy d'Hydaſpe, & vous iureray ſainctement par toutes les choſes que vous eſtimez ſacrées, que i'ay pris plus de diuertiſſement à la lecture de vos Lettres, que vous ne receuſtes d'affliction cét Automne paſſé à çelle du gros liure, dont vous me parlez d'vn deſgouſt preſqu'auſſi incurable, que le reſte de vos maux. Ie les ay

leuës auec vne inesgalité de paffions pareille à l'inesgalité de vos
pensées: car i'y ay trouué des lettres si differentes, que si elles n'e-
ftoient toutes aduoüees & aucto-
rifees de voftre nom, on en pren-
droit les vnes pour des grotef-
ques ou griffonnemens de Vi-
trier, & d'autres pour des origi-
naux de Tempefta. Celuy que
vous appelliez autrefois, le petit
Gregoire de Nazianze reconnut
aux lettres de Iuliàn l'Apoftat
(ce que vous furnómiez le grand
Empereur) les fougues enragees
de fon efprit furieux , & permet-
téz moy de vous dire, que i'ay dé-
couuert à la lecture des voftres la
trempe tres-aygre de voftre ame
vn peu farouche. Les ferrons ont
couftume de dire, que quand la
guze fort de la fournaife auec

trop de boüillons, le fer en eſt ai-
gre, bruſque & intraictable, &on
reconnoiſt par deça à la premiere
faillie de vos Eſcrits boüillans &
demy forcenez, que voſtre humeur n'eſt pas des plus douces &
traictables du monde.

Vous m'eſcriuez qu'à meſure
qu'on s'approche des Pyrenees
on y void tarir notablement ſa
bonté du ſens & du iugement, &
ie penſe par meſme regle , que
tât plus on s'approche des montagnes de Prouéce on y acquiert
vne humeur chaude & boüillan-
te qui reſſent l'aſpreté de la mari-
ne. Vous m'eſcriuez franchemét
& en amy les defauts pretendus
du gros liure, lequel á voſtre in-
ſtance & priere redoublee ie vous
enuoyay pour dix iours, ou enui-
ron , vous m'auez obligé : en ce

faifant & par voftre exemple, non
feulement confeillé , mais auffi
prefque commandé de vous efcrire les remarques qu'on a faict
par deça fur vos Lettres. Ie fuis
comme l'Echo du public , qui
vous rendray fidellement ce que
i'ay entendu fans y adioufter mes
paffions en qualité de poftilles
ou commentaires, & pour voftre
fatisfaction entiere, adioufteray
mon aduis, conforme à celuy du
commun, touchant ce perfonna-
ge autheur du gros liure, qui fait
le vray fuiet de voftre lettre imaginaire.

Pour ce qui vous touche on
remarque par deça quelques no-
tables defauts, qui font l'ame de
tout voftre volume. Le premier
eft en voftre façon d'efcrire, diffi-
pée, vagabonde, arrogante, im-

prudente & sauuage. Toutes vos
lettres ne sont qu'vn preſſis d'v-
ne melancholie noire, & d'vne
gloire magnifique, qui approche
de bien pres du phrenetique:
vous auez tort de proteſter, comme vous faictes en l'vne de vos
Lettres, que vous ne reconnoiſ-
ſez autre ſang que celuy des cerizes & des meures: il eſt trop refri-
geratif pour auoir de la ſympa-
thie auec le voſtre, qui eſt chaud,
bilieux & aduſte. Il y a plus dans
vos Eſcrits du ſang de dragon &
de celuy des centaures, que de celuy des cerizes. vos periodes ſont
des periodes lunatiques, vos lo-
cutions ſont des ampoules, vos
virgules ſont des rodomotades,
vos interponctuations ſont des
menaces; le tout cimenté, lié, có-
poſé auec des grimaces de Muha-

medis, qui font comme la quin-
teffence de vos œuures; vos con-
tours de teste, vos agitations de
bras, vos roulemens des yeux,
voftre enfleure de bouche, voftre
horiblement de voix, vos démar-
ches inefgales; vos palpitations
de cœur, vos pauonnades info-
lentes, vos geftes de demonia-
que, font les fymptomes de voftre compofition. vous faites vne
fieure de voftre eftude, & quand
vous compofez on peut dire que
vous eftes, où dans le friffon, où
dans la chaleur, iamais dans l'é-
galité, ny dans le temperament
d'vn homme fain. En fin vous
feriez propre à crier du noir à
noircir, & à compofer vn Soldat
Gafcon.

La feconde tare de vos Lettres,
gift en vn trop grand amour de
vous

vous-mesmes ; voftre esprit n'eft
remply que de foy-mesme, vous
ne parlez que de vos plaifirs , de
vos voluptez, de vos occupatiós,
& vous imaginez que les preffes
feront auffi glorieufes de fuer
foubs vos fantaifies , que vous
eftiez foigneux de ne fuer pas dás
les ardeurs de Rome.

Vous auiez tort de laiffer quatre robuftes valets à vous faire du
vent dans voftre chambre , car
vous en auez dans la tefte plus
que les quatre vents cardinaux &
les bouches enflees des Aquilons
frenetiques n'en fçauroient faire
de tout vn hyuer , vous en auez
pour remplir les voiles d'vn naui-
re Holandois , & pour en prefter
à Vlyffe, ou pour enfler fes Ou-
tres. Vous eftes auffi rodomont
en plaifirs que lafche en courage:

car vous escriuez par vne nouuelle façon de brauade, qui ne seroit que tolerable à vn Heliogabale, que vous mangez les odeurs des caſſolettes, que vous faites noircir la neige ſous les melons, que vous vous couchez dans vn pré de tulipes, que vous auez peur de faire naufrage dans vn Eurippe d'eaux de ſenteurs, & ſemblables roulades, qui ne peuuent ſortir que d'vn ieune bauard, ou d'vn vieux Epicurien.

Prenez garde qu'vn iour vous ne ſoyez reduit à manger du pain d'angoiſſe, au lieu de manger les ſenteurs, à ne ſentir l'ardeur des flammes du Purgatoire pour la fraiſcheur de vos neiges, à ne vous coucher ſur des chardons au lieu de vos tulipes ondoyantes, à ne faire baigner voſtre paué de lar-

mes au lieu de vos eaux d'Ange.
Si ces delicateſſes eſtoient veritables, vous ſeriez grandement criminel, & le plus pardonnable peché que vous cómettiez en cecy, c'eſt la vaine iactáce de vous-meſmes. Faire mal , eſt aſſez mauuais de ſoy-meſme , ſans ſe vanter de le faire: mais ſe vanter de faire le mal qu'on ne fait pas, eſt vne malicieuſe iactance. Dieu vous garde d'eſtre veritable en ce que vous dites, & vous faſſe la grace d'eſtre trouué méſonger, car vous en ſerez moins criminel, voyez à quel poinct vos brauades delicieuſes vous reduiſent, qu'il faille que la fieure vous ſerue de remede, & le menſonge de defenſe.

La troiſieſme faute de vos lettres eſt vn deſdain inſupportable de tout ce qui n'eſt pas vous meſmes : vous faites si peu d'estat des hommes de voftre païs, que si c'e-stoient des sauterelles ; vous euf-siez esté propre pour faire la des-couuerte de la terre promise au lieu de Sammua & de Saphat, car vous eussiez bié sçeu tenir voftre morgue & vous estimer autant que ces geans. Vous escriuez à vn de vos amis, que pour parler à vn homme il faut aller à cinquante lieuës de là, en quoy vous faictes tort à voftre pere, qui n'est pas si loin de vous, ou que vous n'esti-mez pas homme. Toute cette Prouince est-elle si despourueuë de bons esprits, qu'il ne s'en treu-ue pas vn seul digne de voftre en-tretien? Ce fut ainsi que Bellero-phon frappé de voftre humeur al-la chercher vn homme à cinquá-te ou soixáte lieuës, & trouua des

loups garrous. Ie crains que vn
iour falotement vous ne preniez
vne lanterne à la main pour chercher vn homme en voftre païs,
ou tous les viuans, & tous les enfans d'Adam à voftre dire, font
des beftes, excepté vous.

La quatriefme, qui eft comme
voftre humeur predominant, git
en vn air de libertinage, qui ani-
me toutes vos Epiftres. Vous a-
uez vefcu à Amfterdam en cópa-
gnie de Theophile, & à Rome en
compagnie de braues & fçauans
Prelats : en quelque fens qu'on
vous cherche, & quelque chemin
qu'ó tienne, vous eftes toufiours
vous mefmes, tel qu'on a predict
il y a quinze ou feize ans. Ceux
qui reuiennent de Rome nous le
tefmoignent par des marques de
deuotion, ou de doctrine, & nous

sçauós que vo^s auez esté à Rome par le nó des Clorindes & Courtisanes , que vous y auez veu des séteurs, que vous y aués mágé des eauës naffes, que vous y aués épáché des neiges, que vo^s auez noircy sous vos melós, des douces haleines que vous faisiez faire à vos naquets. Telles sont les reliques qu'vn homme pretendant à l'Estat Ecclesistique à cherché dans Rome, telles sont les benedictiós & les pastes sacrées que Sacrator a porté de la ville Saincte; où est maintenant Seneque pour dire, *Roma sic viuitur?* Employer le nom & l'auctorité des Prelats pour décrire ses voluptés secrettes, qui ne deuroiét estre ny en nature, ny en pensee, ny en papier, & beaucoup moins sous le nó des Euesques!

Quant à ce personnage duquel

vous m'eſcriuez auec des paroles teintes dás le ſang, & des termes qui paſſent au delà du deſdain, ie vous reſpondray ſeulement que par deçà tous ne ſót pas de voſtre aduis, nómément les Cardinaux & Prelats auſquels vous adreſſés vos lettres, & pluſieurs autres de meſme qualité, qui luy font l'hóneur de croire delui ce que vo⁹en auez creu toute voſtre vie deuant qu'il ſe bandaſt contre Theophile. Il n'y a Cardinal en France qui ne l'honore de ſa cognoiſſance, ny preſque Eueſque & perſonne de merite, qui ne l'eſtime auſſi capable d'eſtre voſtre maiſtre maintenant & à tout iamais, qu'il l'eſtoit lors que vous faiſiés imprimer en cette ville ſes Poëſies ſous voſtre nó, pour vo⁹acquerir de la vogue: vous m'eſcriuez de luy ſix

oũ ſept particularités, auſquelles
i'ay procuratió de reſpódre. La 1.
eſt que la lecture de ſó liure vous
a cuidé faire mourir tát elle eſt en-
nuyeuſe & aſſomante. Ie vous di-
ray que ie m'eſtóne decét accidét:
car ce n'eſt pas de maintenát que
vo⁹ eſtes accouſtumé à la lecture
de ſes eſcrits. Il y a 15. ans que vo⁹
auez coppié de voſtre main vne
partie de ſes remarques ſur les Au-
theurs anciens, Grecs & Latins,
dont ie voy des lábeaux tous crus
& mal digerez dans vos Lettres.
c'eſt la vieille fineſſe des Plagiaires
& larrós domeſtiques de d'eſcrier
tant qu'ils peuuét, les liures dont
ils tirent les meilleures lippées. Ie
vous ſçay bon gré iuſques là, on
ne ſçauroit pas qu'il vous a obligé, ſi vous ne diſiez mal de luy,
pour eſtouffer les obligatiós par
voſtre ingratitude.   La

La seconde, que vous desireriez qu'il y euſt vne Inquiſition en France pour empeſcher le cours & l'impreſſion des mauuais liures tel que le ſien. Ie ſuis de voſtre aduis, & adiouſte que s'il y auoit vne Inquiſition en France pour les liures, vos Lettres ſeroient encores dans voſtre grenier empaquetées en liaſſes, car iamais l'Inquiſition n'euſt paſſé tous vos libertinages, & la comparaiſon que vous faictes d'vn de vos ſeruiteurs trop ceremonieux auec le vieux Teſtament, rapport qui reſſent l'air d'Amſterdam, & de celuy qui vous y enſeigna de profaner les ceremonies de la Bible, les comparant aux complimens de vos amis.

La troiſieſme, que c'eſt le plus ſot, le plus eſtourdy, le plus indigne de tous ceux qui ont de nos iours mis la main à la plume, qui gaſte le François, qui ne fçait pas que le Latin, qui n'a pas les principes de Logique. Ie ne fçay qui vous l'a dit, car quand vous parlez de Logique, ou de Philofophie, c'eſt vn pays où vous ne fuſtes iamais, vous pouuez auantageufement dire aue Socrate. *Ie ne fçay que cela feulement, que ie ne fçay rien pour tout*: car n'ayant iamais eſtudié ny en Philofophie, ny en Droiĉt, ny en Theologie, ny en quelque fcience fonciere que ce foit, ayant pour tout voſtre fçauoir, les feuls reſtes de celuy que vous mefprifez tant, ayant fait vn faut perilleux de la Rhetorique iufques au libertinage, qui eſt quaſi le faut de l'Alleman : n'ayant pris qu'à pieces & lopins quelque legere cognoiſſance des chofes efgarées & fans fuitte, ie ne fçay pas auec quelle hardieſſe vous pouuez parler de la Logique & de la Theologie :

c'eſt comme ſi ie parlois des Tapi-
nambous, où ie ne fus iamais.

La quatrieſme, que ce perſonnage
eſt ſi deſpourueu de ſens, qu'en trois
mots il en dit quatre mauuais. A ce
que ie voy voſtre deſſein eſt de faire
des rencontres & des pointes par
tout; c'eſt bien fait pourueu qu'elles
ſoient accompagnees de iugement,
qui ne ſe treuue pas dans vos Lettres:
ſçachez que les chardons piquent par
tout, & ſi ne ſeruent que de nourritu-
re aux aſnes : les lauriers ne picquent
point, & ſi ſeruent de coronnes aux
Empereurs. Ie vous demande ſi en
ces trois mots il y en a quatre de mauuais ? Mais en quelle Logique auez
vous appris qu'en trois mots on en
puiſſe dire quatre? ſinon en l'eſcole
venteuſe de ces quatre puiſſans valets
qui vous faiſoient du vent à ronfler
tout debout? Ie ne ſuis pas ſi iniu-

rieux enuers vous, ny ſi mauuais iuge
de vos ʟᴇᴛᴛʀᴇs, car ie dis que voſtre
liure eſt ſemblable à nos lambris
planchez, il y a autant plein que vui-
de , autant d'impertinences que de
bons mots.

ʟa cinquieſme, que ce perſonnage qui donna iadis les commence-
mens à voſtre profondiſſime erudition eſt le dernier de tous lẽs hommes. Ie vous dis comme ſi i'auois
procuration de ſa part, qu'il accepte-
ra cette place, à condition que vous
diſiez franchement ſi vous n'eſtimez
pas eſtre le premier de tous les hommes. Vous qui ne liſez le Teſtament
que pour en tirer des comparaiſons
profanes, auez vous pas veu les paroles de ɪᴇsᴠs-Cʜʀɪsᴛ, qui diſoit que
le diſciple n'eſt par deſſus le maiſtre?
S'il eſt le dernier de tous les hommes,
où ſerez vous logé braue Secretaire,

& gentil Copiſte? & que deuiendrót
vos rodemontades orgueilleuſes ?
vous auiez ſi grand deſir de faire vne
rencontre, & d'eſtre pontilleux , que
vous auez fai␣ comme la mouche à
miel, qui ne pique iamais qu'elle n'y
láiſſe la vie. Vous ne picquez iamais
que vous ne laiſſiez le iugement & les
marques de voſtre peu de ſens.

ʟa ſixieſme, que vous taſchez d'ou-
blier tout ce que vous auez appris de
luy, & vous deffaire des ordures du
Collegē; i'eſpere tant en la bonté de
voſtre eſprit, que vous viendrez en
fin à bout de vos deſſeins, & qu'ou-
bliant tout ce que vous auez appris
de luy, vous retournerez à voſtre premiere ignorance, & ſerez comme les
enfans des vieux Romains, qui al-
loient à Athenes pour deſ-apprendre,
& reuenoient à Rome maiſtres igno-
rans apres cinq ou ſix ans d'eſtude, &

vous reuenu de Rome oublirez tout le bon ſuc que vous auiez pris ſous ſon inſtruction, pour retenir ſeulement les Maximes d'Amſterdam & de voſtre ſecond maiſtre.

La ſeptieſme, que vous n'auez retenu aucun de ſes vices, & que s'il vous a donné le laict de la premiere erudition, vous l'auez couerty maintenant en voſtre propre ſubſtance, & que vous ne laiſſerez pas d'eſtre chaſte encore que voſtre nourrice fuſt morte de la verole : voila des rencontres auſſi froides que voſtre neige, & plus inſipides que vos melons. Or quoy que ce ſoit de voſtre chaſteté & de vos Clorindes. ie vous promets que ſi vous viuez comme celuy que vous appellez voſtre nourrice, vous ne mourrez iamais de la verole.

En ſomme pour n'eſtouffer pas tout à faict le ſentiment des obliga-

tions que vous auez à ce perſonnage,
vous vous conſolez par vne belle có-
ſideration ; en ce que le plus chetif
maçon du monde, tel qu'il eſt, peut
bien auoir poſé quelque pierre au
baſtiment du Louure, tel que vous
eſtes. Nous voyons par experience
que les febricitans ne parlent que de
vin, les grauereux de pierre, & les hy-
pocondriaques de groteſques, ou ſó-
bres imaginations, comme ſont des
prairies de tulipes, des Euripes d'eaux
de ſenteurs, des montagnes de perles,
& autres chimeres, qui font le tiſſu de
vos lettres.

Vous n'eſtes pas heureux en vos
comparaiſons, car vous eſtes, quoy
qu'en la fleur de vos ans, ruyneux cóme Biſſeſte, creuaſſé comme la Vieille Monnoye, caſſé comme vn Idole.
& vous vous comparez au Louure.
Sacrator mon amy, croyez moy, pen-

fez à vous, humectez voſtre ceruelle,
prenez le frais, ne viuez pas touſiours
dans les ardeurs de la Canicule, eſpar-
gnez vos eſprits qui ne ſont pas de
durée, ne rongez pas vos pattes comme vn Ours, pour produire en ſix
mois vne lettre de trois pages. De
voſtre village, que vous deſcriuez
comme vn Canope, n'en faites pas
vne Zone torride. Aprenez que tout
le monde n'eſt pas beſte, adouciſſez
vos humeurs, reuenez dans le chemin
commun. Ne traictez pas tellement
auec les grands, que vous ne vous
ſouueniez qui vous eſtes; Ne vous
enflez pas ſi fort du vent que vous
font vos quatre puiſſans valets, que
vous en creuiez cóme la grenoüille
d'Æſope; ne vous perdez pas ſi pro-
fondement dans vos tulipes & vos
fleurs, que vous ne vous ſouueniez
de Narciſſe; ne vous abyſmez pas ſi

auant

auant dans les ondes de vos eaux alã-
biquées, que voſtre eſprit s'allambi-
que auec elles: ne vous nourriſſez pas
tellement d'odeurs que vous en de-
ueniez inſenſible, ou punais, comme
les habitans de Salbée. En ſomme, ſi
vous auez perdu la pieté, faictes pour
le moins qu'elle ne ſoit pas accompa-
gnée de la perte de voſtre ſens.

L'article qui m'intereſſe le plus en
voſtre Lettre, eſt celuy par lequel
vous reſpondez pour moy, & m'en-
ueloppant dans vos ſentimens, dites
que vous eſtes marry que vous &
moy ayons quelque obligation à cet
homme, & qu'il faille qu'il ſe puiſſe
venter d'auoir eſté voſtre maiſtre.
Therſite qui fut quelques iours auec
Achille ſous la diſcipline de Chiron
ſe pouuoit repentir comme vous,
pource qu'il auoit des ſympathies
auec vos humeurs: mais il ne monta

iamais en l'efprit d'Achille d'auoir de
l'affliction ou de la repentance de
ce qui luy feruoit d'ornement. Parlez
pour vous, repentez vous fi bon vous
femble, & croyez que fi dans le cours
de voftre vie vous n'auez autre fuiet
de repentance, il ne faudra point at-
tendre voftre mort pour vous cano-
nifer, pour mon particulier fentimét
ie me repentirois d'auoit eu cefte repentance, n'ayant appris ny par la
hantife ny par les Efcrits de ce per-
fonnage chofe quelconque qui me
puiffe donner quelque fujeat de repentance.

Et pour vous dire mon aduis, ie
croy que s'il eftoit homme à s'affliger
aifément des euenemens paffez, il fe
repentiroit plus de vous auoir eu
pour difciple, que vous de l'auoir eu
pour maiftre. Vous fçauez que la
cheure qui allaitoit iadis vn ieune

loup, le faiſoit en ſouſpirant, & pre-
uoyant le malheur qui luy deuoit ar-
riuer d'vne ſi mauuaiſe geniture. Il
vous a iadis alaité plus charitablemét
que vous ne meritiez, *nec ſe piguit præ-*
bere bibendum. Il a eu des reproches,
pour vous auoir trop ſoigneuſement
communiqué le ſecret de ſes eſtudes:
il ne pouuoit ſe perſuader que vous
deuſſiez deuenir vn loup rauiſſant,
quoy que tout le monde l'en mena-
çaſt, il eſtoit bien aiſe de ſe trömper
volontairement, & vous abiſmer dás
les obligations; vóſtre mauuais natu-
rel a ſurmonté ſa culture, le temps qui
ſert pour adoucir les eſprits, effarou-
che le vóſtre, & ſi maintenant par excez d'ingratitude la memoire des bié-
faicts receus vous eſt odieuſe, le téps
viendra auquel par excez de vos pre-
ſomptions maniaques vous ſerez

odieux à tout le monde, & à vous mefmes.

Bref s'il vous plaift que par aduance ie vous die l'aduis de tous ceux qui fe feruent de vos Lettres, comme d'vn purgatif pour defcharger leurs poulmons aux defpens de vos accez melancoliques, ie glaneray deuant la moiffon de ceux qui feront cy apres des gerbes de voftre yuraye.

On dit par deça que vous auez bon efprit, & le diable auffi.

On dit que vous eftes toufiours dans le zenit de la Nobleffe imaginaire, & des fouueraines grandeurs, quoy qu'il ne foit pas texte d'Euangile, ny d'hiftoire, qu'auec toutes vos tulipes vous foyez du tout auffi noble que les Nobles à la Rofe.

On dit que parlant de vous, vous permettez, confeillez, commandez à vos flatteurs de vous appeller *El Señor*

Balzac l'vnico Eloquente. Que fi cela eft, que deuiendront nos chaires & noftre Palais, fi toute l'Eloquence eft confinée dans le village de Balzac? ferons nous contraints de nous rendre les bergers, ou les perchers de voftre ferme, comme des enfans pro_ digues pour ranger les caloffes & les reftes de voftre *Eloquence diuine?*

On dit que vous ne parlez iamais que de Palais, de Louures, de Chafteaux, & cependant on marque par deça les PETITES MAISONS pour loger vous & voftre train à voftre arriuee.

On dit que vous manquez au iugement, d'efcrire à des Cardinaux l'eftat de vos voluptez fecrettes, & les conditions particulieres que vous defirez en vos impudicitez, & aux careffes de vos Clorindes.

On dict que vous eftes plus fenfuel

qu'vn limaçon, & que vous n'efcu-
mez que la baue de vos plaifirs des-
honneftes, iufques dans l'Efcarlatte
des Cardinaux & dans le Rochet des
Euefques, qui eft vomie dans le San-
ctuaire.

On dit que parlant des trois plus
grands Princes de l'Europe, le Roy
de France, le Roy d'Efpagne & le
Duc de Lorraine, vous en tenez des
difcours qui ne font pardonnables
qu'à Brufquet, à Maiftre Guillaume,
ou *al Señor Balzac.*

On dit qu'apres auoir appellé
Theophile, *voftre amy commun*, vous
auez mauuaife grace de faire du pref-
cheur furanné, & de le condamner à
vne quatriefme verole, luy qui fe glo-
rifie d'en auoir eu vne douzaine. On
vous recufe en ce iugement, puis que
le criminel defire pour faueur, ce que
vous luy fouhaittez pour chaftimẽt.

On dit que vous flattez les Grands
en Efclaue, que vous mordez les Ef-
criuains en vipere, & que vous eftes
bien marry de ne pouuoir croire &
iuger ce que vous en dictes.

On dit que vos ieuneffes sôt furieu-
fes, & que fi vo⁹ venez auffi vieux que
Cerbere, vos morfures ferôt enragees

On dit que vous eftes plus braua-
che en matiere de vos voluptez, que
Therfite au fuiet de fes vaillances; &
que fi vos rodomontades de gueule
font chofes feintes, comme il y a de
l'apparence, vous eftes auffi glorieux
en Poëfie, que menfonger en profe.

Bref, on dit que vous n'eftes pas fa-
ge, & que fi par hazard vous deuenez
vn iour ce que vous n'eftes pas, vous
aurez pour vos deux ennemis mor-
tels, ceux qui ont imprimé vos Lettres & forgé leur Prefaces à reculons.
A D i e v.

www.ingramcontent.com/pod-product-compliance
Lightning Source LLC
LaVergne TN
LVHW012109030726
842523LV00002B/813